ÉPITRE

A

UN ACTIONNAIRE

Par Joseph CHUARD

LYON

IMPRIMERIE ET LITHOGRAPHIE DE C. BONNAVIAT

RUE SAINTE-CATHERINE, 13

—

1860

ÉPITRE

A

UN ACTIONNAIRE

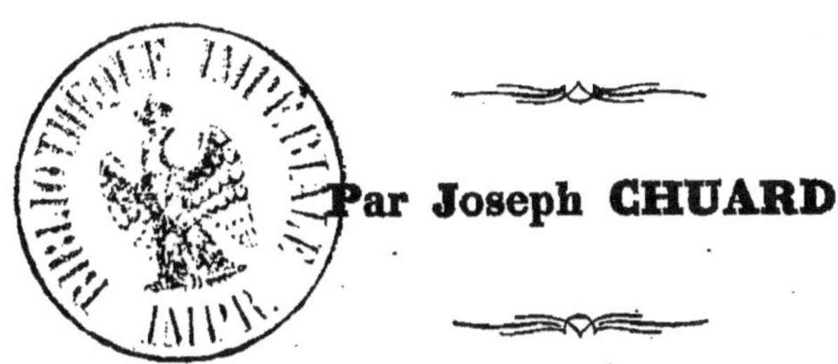

Par Joseph **CHUARD**

LYON

IMPRIMERIE ET LITHOGRAPHIE DE C. BONNAVIAT

RUE SAINTE-CATHERINE, 13

1860

ÉPITRE

A UN ACTIONNAIRE

Ab uno disce omnes.

Que je serais heureux! mon cher Etherophile,
De vivre comme toi, loin du bruit de la ville
Et d'habiter ce mont parsemé de chalets
Où le fripon ne peut te tendre ses filets.
Mais, crois-moi, ton bonheur aura plus de durée,
Si tu peux oublier cette essence éthérée,
Et la société des bateaux à vapeurs
Où nous avons tous deux englouti nos valeurs.

Tous ces gens, me dis-tu, pour causer tant d'alarmes
Ont-ils donc un beau port? possèdent-ils des charmes?
Hélas! détrompe-toi : leurs visages humains
Reflètent les couleurs des plus laids parchemins.
Seraient-ils donc doués du chant de la sirène?
Encor moins : puisqu'ils ont passé la soixantaine.
Que sont-ils donc enfin? A leurs doux entretiens,
On les prenait d'abord pour de vieux bohémiens;
Mais aujourd'hui l'on croit que ce sont des vampires,
De la race de ceux qui perdent les navires.
Ils jurent sur l'honneur de garantir nos fonds,
Annoncent dans la presse et leurs biens et leurs noms,
Construisent des vaisseaux, les poussent à la côte,
Jurent aux naufragés que ce n'est pas leur faute,
Et sont plus dangereux que les hordes d'indiens.

Prenons-les au début : Nous sommes citoyens
Fort connus, disent-ils, croyez-nous sur parole;
Ce brevet, dont nous seuls avons le monopole,
Assure vingt pour cent d'intérêts annuels.
Vous pouvez être sûrs de ces profits réels.
Quelqu'un oserait-il nous taxer d'impostures?
Qu'il lise les rapports, *surtout les signatures*
De ces grands ingénieurs témoins de nos travaux!
Il ne prétendra pas que *ces hommes soient faux*.
Au moyen du mensonge ils font la propagande,

Prélèvent sur les fonds un fort beau dividende
Et font signer les gens pour quinze millions.
Ils vendent aussitôt leurs milliers d'actions ;
S'ils les cèdent au pair, ils volent leurs victimes,
Mais leur crime est plus grand, puisqu'ils vendent à primes.
A peine ont-ils placé tout ce mauvais papier
Et mis les acheteurs au milieu du guêpier,
Ils prennent l'intérêt, la réserve et la caisse,
Et la valeur éprouve une importante baisse.
L'on court interroger les gens du comité,
L'un vous montre un article, à propos inventé,
Qu'annonce ainsi la presse, aux *nouvelles Marseille :*
L'entreprise va bien, tout prospère à merveille ;
Un autre fait répondre, on ne dérange pas
L'honnête surveillant au moment du repas ;
Mais la plupart d'entr'eux savent à la demande
Répondre d'une voix dauphinoise ou normande.

Cependant on s'informe et leurs livres divers
Nous découvrent des vols et d'horribles revers.
Les gérants ont recours à de faux inventaires,
Prennent deux milllions pour un an d'honoraires,
Doublent le prix coûtant de leur matériel,
Donnent d'un bilan faux l'état essentiel,
Cachent le déficit déjà considérable,
Et contractent encore un emprunt impayable.

Aussi, dès ce moment, le souscripteur trompé
Refuse son argent parce qu'il est dupé ;
Il veut auparavant voir la source des pertes
Que ses correspondants ont trop tard découvertes.
Le conseil tout entier abuse du pouvoir,
Il veut à toute force augmenter son avoir ;
Et confisque aux gens la somme tout entière
Que leur doit garantir l'émission première.

Or, tous les ans a lieu cette réunion,
Où membres et gérants imitent l'histrion,
Font des législateurs la grave parodie
Et détroussent les gens pendant la comédie.
Je m'y rends au jour fixe et j'entends un acteur
Réciter ce rapport mensonger et trompeur :
Nous avons fait, messieurs, de fort grandes dépenses,
Mais n'en redoutez point les moindres *conséquences*.
Nous renonçons d'abord à notre invention.
Elle perd seulement un double million.
Ensuite un de nos vaisseaux, venu des colonies,
Nous a causé longtemps des peines infinies
Et perd sur son transport quatre cent mille écus !
Somme dont nous pourrions vous montrer les reçus.
Nous contractons l'emprunt pour combler tous ces vides,
Et comme en sont exclus les usuriers avides,
Soyez certains, messieurs, qu'en l'espace d'un an

Nous pourrons rembourser l'intérêt et l'argent.

Nous vous certifions qu'au premier exercice

Vous toucherez sans faute un fort beau bénéfice ;

L'entreprise aujourd'hui se trouve en bon chemin,

Le capital est net, nous en levons la main.

Mais pour bien parcourir la nouvelle carrière,

Veuillez avoir égard à cette autre prière,

Veuillez entendre encore un dernier mandement,

Hâtez-vous ! *venez faire* un *nouveau versement !*

A peine a-t-il fini d'accentuer ses phrases

La salle tout à coup s'ébranle sur ses bases.

D'où proviennent ces cris et ces bravos bruyants ?

Pourraient-ils provenir des spectateurs payants

Qui voudraient si gaîment consommer leur ruine ?

Non ! non ! Sans doute ils ont la suivante origine .

Un conseil pour jouir de toute impunité,

A, tu le sais, recours à la majorité ;

Les statuts *ou* les lois ont sacré sa parole.

Comme il peut à son gré refuser le contrôle

Soit des prêteurs réels, soit de ses livres faux,

Il invite des gens prodigues de bravos,

Comparses complaisants et coureurs d'assemblée,

Qui savent lui donner tous les votes d'emblée.

Ils ont les pleines mains de procurations,

Et l'on ne peut savoir s'ils ont des actions.

Il existe aujourd'hui tant d'art dans l'industrie ;
N'a-t-on pas vu jadis certaine loterie
Où deux rivaux heureux vinrent dans un bureau
Se faire rembourser le même numéro.
Une majorité n'est donc qu'imaginaire ;
Surtout lorsque ces gens avec leur arbitraire,
Forçent tout un public à venir sous leurs yeux
Rayer leurs propres noms s'il les trouve odieux.
Et pourtant les statuts, en un certain passage,
Veulent expressément le secret du suffrage ;
Il est donc naturel qu'avec des tours pareils
Ils soient élus gérants ou membres des conseils.

Les divers orateurs aux plus brillants organes
Avaient soin d'oublier les primes des douanes,
L'énorme déficit, le gain des fournisseurs
Et les trois millions payés aux assureurs.
Or, peut-on sans contrôle approuver ces dépenses,
Ces pertes et surtout ce chiffre d'assurances ?
Non ! S'ils ont en effet su nous éthériser,
Soustraire notre argent, le volatiliser,
Et s'ils ont amassé d'aussi grandes richesses ;
C'est qu'ils ont eu recours à d'infâmes bassesses.

Mais que n'observent-ils eux-mêmes leurs statuts ?
Dans le cas où les fonds au quart seraient perdus,

N'est-il pas stipulé, dans un de leurs chapitres,

Qu'ils ne devront plus faire émission de titres;

Qu'ils devront provoquer la dissolution,

Et faire promptement la liquidation?

Il existe pourtant deux tiers au moins de baisse;

Leur refus prouverait qu'ils ont vidé la caisse

Et qu'ils craignent de voir tous leurs crimes divers

Exposés dans la presse aux yeux de l'univers.

Je ne peux plus longtemps souffrir leurs impostures;

Je me lève et demande à voir les écritures.

En présence de tous j'invoque le décret,

Je signale en deux mots plus d'un honteux secret;

Les erreurs des gérants et leur fourbe langage.

Mais sur moi, tout à coup vient éclater l'orage.

Le plus brave des chefs, le héros des débats,

Me répond d'un ton fier : *On ne vous connaît pas !*

A l'instant même, Jean me couvre d'ironie,

Pierre élève la voix, crie à la calomnie !

Le bureau tout entier doute de ma raison,

Et les plus modérés parlent de la prison.

Pareils aux animaux malades de la peste,

Ces loups montrent les dents à celui qui proteste,

Le traitent à leur gré de *maudit animal,*

De pelé, de galeux, d'où provient tout le mal.

Dans ce concert de voix ou de cris effroyables
Ils hurlent tous ensemble : est-il d'autres coupables ?
Chacun reste muet ou commence à sortir ;
La réplique pourrait causer du repentir.
Personne ne répond, dit un de ces despotes ;
Nous avons donc, messieurs, obtenu tous les votes.
Nous allons insérer sur le procès-verbal
Que nul n'a protesté : le vote est général.
S'il vient à s'élever un violent murmure,
Tous s'écrieront alors, faites la procédure,
Faites-nous assigner, si c'est votre désir ;
Mais, ici, taisez vous : c'est notre bon plaisir.
Ils donnent un signal, et leurs auxiliaires,
Claqueurs salariés, complices ou compères
Poussent tous à la fois des cris tellement forts,
Qu'ils font peur à la foule et la mettent dehors.

Surgit-il un procès ? trop forte est la partie ;
Jamais l'on n'obtient d'eux la moindre garantie,
Et les plaideurs font mieux de s'avouer vaincus
Que de sacrifier du temps et des écus.
Les membres du conseil, en rusés adversaires,
Soutiennent qu'ils ont fait les plus stricts inventaires,
Qu'ils ne montreront pas la comptabilité,
Que *leur décret* pour eux, *c'est la majorité*.
Ils ajoutent qu'ils sont des hommes honorables

Qu'ils ont pitié des fous ou des pauvres diables,

De ces spéculateurs qui se sont ruinés

Pour s'être avec ardeur à la bourse adonnés,

Et qu'ils ont pour témoins des hommes très sincères,

Qui de leurs faux brevets se trouvent signataires;

Ils mettent sous les pieds leurs humbles ennemis,

Et pour mieux réparer leur honneur compromis,

Ils osent demander que des milliers d'affiches

Les vengent de l'insulte et les rendent plus riches.

En dépit du refus ils sortent du procès

En proclamant partout leur éclatant succès;

Et César, dont le nom n'admet point de contrôle,

Crie à ses partisans : Montons au Capitole.

Ils courent estimer notre matériel,

Son prix au singulier devient un pluriel.

Ils parviennent sans peine à s'absoudre du crime

Et s'éclipsent soudain sous la forme anonyme.

Ils emportent pourtant au peuple ses trésors :

Une de nos cités, voisine de Givors,

N'a-t-elle pas vu perdre en capital et primes

Cinquante millions par vingt mille victimes?

Peut-on s'imaginer que ces fonds bien comptés

Aient disparu si vite en six sociétés?

Me serais-je douté que le gérant mon maître,

Un jour m'aurait ôté mon argent, mon bien-être

Et m'aurait obligé d'habiter les greniers?

En faisant l'abandon de mes pauvres deniers,

En grimpant les degrés les plus hauts du Parnasse,

J'espérais dépister cette bande vorace;

Mais avide de sang et donnant de la voix,

Leur meute me réduit comme un cerf aux abois;

Je me sens entouré de leur troupe infernale,

Serait-ce le moment de mon heure fatale?

Hélas! si leurs forfaits demeurent impunis,

Ils peuvent..., je m'entends : mes maux seront finis.

Jusqu'ici j'ai vécu seulement d'espérance,

Je mets encore en Dieu toute ma confiance.

L'écho pourtant répète en voyant ce bureau,

Le public entier fuit, il sait son numéro.

Son adroit directeur, ce chef éthéromane,

Transporte son pupitre à la place de l'âne.

Pense-t-il en ce lieu ramener son trafic?

Est-ce une allusion adressée au public?

Personne ne connait le fond de sa pensée,

Mais il devrait savoir que sa gloire est passée.

Si ces messieurs ont droit de nous mettre aux grabats,

Qu'ils effacent au moins les noms de leurs villas.

Les uns sur le portail font graver... *Aux Massues*,

D'autres... *Mon bon Plaisir*, et d'autres *Aux Sangsues*.

Mais trève sur les mots; revenons aux gérants.
Auraient-ils dépouillé mille récalcitrants?
Seraient-ils reconnus criminels et coupables,
Ils ne sont envers eux nullement responsables.
Soit que la loi les mette à l'abri du danger,
Soit qu'ils sachent d'avance eux-mêmes s'arranger,
Soit qu'ils aient tout perdu dans l'horrible naufrage,
Ils peuvent librement avoir un équipage,
De superbes chevaux et le train des seigneurs.
De leurs riches hôtels ils nous font les honneurs,
Et nous sommes surpris de retrouver nos hardes
Sur ces nombreux laquais qui leur servent de gardes.
Viennent-ils au théâtre, aux cercles, aux salons,
Ils sont tous reconnus à leurs airs de lions.
Et chacun se répète : Examinez ces rustres,
Ils voudraient bien passer pour des hommes illustres;
Mais soyez attentifs à leurs bandes de Grecs;
Attendez-vous encore à de nouveaux échecs.

Quant à leurs surveillants, ils ont de la tristesse;
Ils prétendent avoir englouti leur richesse.
Demandez-leur alors avec quels capitaux
Ils peuvent chaque année acheter des châteaux.
Oseraient-ils parler de leur gros patrimoines?
Non! Leurs aïeux étaient plus pauvres que des moines!
Se diraient-ils parfois d'heureux spéculateurs,

Ils confondraient ce mot et celui de voleurs.
Ne les a-t-on pas vus jusques dans leurs villages
Proposer aux clients les plus grands avantages,
Leur acheter des bois, des fermes et des champs,
Et donner en échange un papier de gérants.

Ils trouvent par bonheur des amis de jeunesse
Qui savent signaler tant de scélératesse,
Mais les meilleurs conseils viennent toujours trop tard ;
Nous devions raisonner comme ce campagnard :
Je les vois, disait-il, acheter tant de fermes,
Je ne peux de la mienne acquitter tous les termes,
Comment l'homme peut-il, sans avoir un métier,
Devenir tout-à-coup un opulent rentier ?
Jacques, dont le hameau proclame les prouesses,
Du roulage aurait-il retiré ses richesses ?
Non ! Il a déterré quelque part des trésors,
Ou des bons citadins géré les coffres-forts.
Et Granjean aurait-il acquis tant de domaines,
Posséderait-il l'or dont ses caisses sont pleines,
S'il ne passait au bleu des papiers de valeur,
S'il n'avait les secrets de quelqu'autre couleur ?

La leçon est tardive, ô cher Etherophile !
Ecoute maintenant les propos de la ville.
Quand la loi condamna les faux titres ou noms

Que bien des gens payaient avec nos propres fonds ;
Tous firent l'abandon des fausses particules,
Mais gardèrent nos biens avec leurs ridicules.
Dès lors, chacun de nous, plaisant ou sérieux,
Leur adresse à l'envi ces mots injurieux :
Ils prennent au début des prénoms domestiques,
Ils s'affublent plus tard de noms patronymiques ;
A peine ont-ils acquis des maisons, des châteaux,
Et sans peine amassé d'énormes capitaux,
Nous les voyons jouer au noble personnage
Et prendre des blasons datant du Moyen-Age.
Peut-être veulent-ils devenir nos seigneurs ?
C'est déjà trop qu'ils soient nos administrateurs,
Ils pillent à leur gré tous leurs commanditaires.
Feraient-ils plus de mal s'ils étaient arbitraires ?
Mais déjà n'ont-ils pas un abus de pouvoir
Que jamais un seigneur en France pût avoir ?
Ils ont, pour attirer le peuple dans leurs piéges,
Brevets, fausse monnaie et d'autres priviléges ;
Sont-ils à juste titre offensés d'un auteur ?
Ils osent le traiter de vil conspirateur.
Cette accusation dénote, en leur personne,
Quelques prétentions aux droits de la couronne.
Bien plus, certains sujets s'emportent-ils contre eux ?
On les voit se conduire en princes généreux,
Et leur troupe d'agents proclamer leur clémence ;

Ils trahissent ainsi leur royale naissance.

Ils pourraient bien, dit l'un, descendre d'Augias ;

Non, dit l'autre : ces Grecs ont du sang de Midas.

Examinez leur chef : quelles longues oreilles !

Un baudet en a-t-il jamais eu de pareilles !

Il doit avoir au moins, pour modernes aïeux,

Valet de pique ou bien les seigneurs d'Oreilleux.

Et s'ils sont châtelains d'antiques seigneuries,

Pourquoi quitteraient-ils leurs vieilles armoiries?

Ils les remplaceront, répète une autre voix,

On ne peut leur ôter leur armes d'autrefois ;

Ils remettront en croix leurs blasons de famille,

La brosse, le balai, le fouet et l'étrille,

Et les plus glorieux se feront un honneur

De couronner le tout des *pinces monseigneur.*

Cessez tous ces propos, interrompt un compère

Qui souscrivit jadis et se tira d'affaire ;

Vous êtes tous ici de sévères frondeurs,

Ces gens pour vous répondre ont par trop de grandeurs.

Ils rendent aux cités les plus nobles services,

Surveillent avec soin les fonds de nos hospices,

Font connaître partout leur grande charité

Et se glissent toujours au moindre comité.

Aussi ces fonctions tout à fait honorables

Leur procurent l'appui d'amis considérables.

Oui! je croirais qu'ils sont à cheval sur l'honneur
Si vous donniez ce nom au dos du souscripteur ;
Il leur sert d'étrier, très souvent de monture,
Les encourage au vol, plus tard à l'imposture,
Et leur donne tant d'or et tant d'autorité
Qu'il se trouve l'auteur de leur impunité.
Il les prie au début de gérer sa fortune
Et plus tard il les voit gérants de leur commune.
Quels remords il ressent quand il connaît leurs tours ?
Quels rires du public à leurs fourbes discours ?
Ainsi reprochent-ils aux classes ouvrières
De trop souvent s'asseoir aux tables des barrières.
C'est qu'ils voudraient, dit-on, encaisser notre argent
Et nous promettre aussi le taux de vingt pour cent.
Parlent-ils d'empêcher ces joyeuses dépenses ?
Proposent-ils d'inscrire au livret ces absences ?
On répète partout : Un trop juste décret
Veut que les ouvriers soient porteurs d'un livret,
Afin de constater leur conduite passée.

Mais une nation serait bien moins froissée
Si membres et gérants portaient ce passeport :
Elle saurait au moins d'où chaque intrigant sort ;
Elle reconnaîtrait ces chefs de commandite
Qu'elle a vus s'enrichir en déclarant faillite.
Déjà, grâce au décret, ils conservent les noms

Sous lesquels autrefois ils dérobaient nos fonds.
Le citoyen peut donc les noter sur sa liste,
Eviter leurs bureaux et les suivre à la piste.
Surgit-il, par exemple, une société?
Il voit quels sont les gens admis au comité
Et ne s'expose plus à la moindre surprise,
S'il retrouve surtout chargés de l'entreprise
Ces mêmes surveillants, ces mêmes directeurs
Qui dupèrent si bien leurs grands admirateurs.
Il se rit, à présent, de leurs sourdes manœuvres,
Et sait prévoir au moins le terme de leurs œuvres.
C'est alors que l'on voit les Grecs les plus hardis,
Du peuple tout entier et des cités maudits,
Recourir sourdement à d'habiles compères
Qui gèrent sous leurs noms de nouvelles affaires.

Mais ces amis d'emprunt sont aussi reconnus,
Puisque pour attirer encor nos revenus
Ils gardent l'anonyme et donnent dans la presse
Du siége social uniquement l'adresse.
Ils sont surpris de voir au siècle industriel
Le progrès méconnu, l'homme matériel,
Ils voudraient réveiller les cœurs patriotiques,
Et surtout enflammer des âmes sympathiques;
Ils ne trouvent partout que de froids citoyens
Qui songent à régler tant de comptes anciens.

Ils reçoivent, hélas! des refus pour réponses!
Et sont *tous condamnés*... à payer leurs annonces.

Un citadin voit-il une souscription
Pour des sociétés de navigation?
Il devient furieux contre cette industrie
Et lui donne aujourd'hui le nom de Jacquerie,
Le nom d'un chef de ports ou d'un chef de chauffeurs
Qui sert dans les gros temps de pilote aux vapeurs.

Cessez, dit un compère, une telle ironie,
Votre audace plus tard pourrait être punie;
Vous osez attaquer des hommes d'actions,
Notre ordre social les prend pour champions,
Et je pense... qu'ils sont plus fanfarons que braves:
Pendant l'émeute ils vont se cacher dans les caves;
Et s'ils ne voient cesser de suite le danger,
Ils emportent sans bruit leur caisse à l'étranger;
Tandis que nous devons braver la fusillade
Pour ces gens qui font croire au souscripteur malade
Qu'il peut bientôt compter sur une guérison,
Et lui font avaler un violent poison;
Pour ces industriels dont les bandes voraces
Suivirent autrefois et l'exemple et les traces;
Pour ces hommes enfin, ces fléaux des mortels,
Ennemis acharnés du trône et de l'autel,

A peine disparaît l'orage ou la tempête,
On les voit aussitôt montrer un peu la tête,
Mettre le nez au vent, sortir de leurs prisons
Et revenir enfin habiter leurs maisons.
Quels sont leurs premiers soins, leurs premières pensées,
C'est d'assembler encor leurs bandes dispersées,
De jurer sur l'honneur que membres et gérants
Seront des capitaux solidaires garants,
Et de commettre enfin tant d'actes de rapines,
Qu'ils couvrent les cités de deuil et de ruines.

Quel mystère offre donc leur comptabilité?
Pourquoi se moquent-ils d'un public irrité?
Seraient-ils des tyrans? serions-nous des Ilotes?
Pourraient-ils nous cacher tous nos comptes de flottes?
Ne serions-nous pas tous égaux devant les lois?
Je peux de l'épicier vérifier les poids,
Et ma somme volée a bien plus d'importance!!
Si ces gens ne font voir ni livres ni balance,
C'est qu'ils sont criminels et tremblant de terreur.
Mais qu'ils viennent un jour me convaincre d'erreur,
Je m'écrirai partout : Oui, ces millionnaires
Ont gagné leur fortune en honnêtes corsaires;
Le monde les connaît pour de riches rentiers;
Ils ont dans leurs enfants de dignes héritiers,
Je chanterai partout leur race bien-aimée,

Et pour mieux rehausser leur haute renommée,

Je dirai, s'ils partaient pour l'empire des morts,

Que la patrie en eux a perdu ses trésors,

Oui ! nous verrions alors la foule désolée

Se disputer l'abord de chaque mausolée ;

Et lire en sanglottant : Ci git l'homme de biens

Qui mit longtemps en deuil tous ses concitoyens ;

Nous verrions leurs journaux avec leurs bandes noires

Se rendre les échos de leurs tristes mémoires,

Et de leurs plumes d'oie, en guise de burins,

Les classer dans les rangs des grands contemporains.

Joseph CHUARD.

L'AUTEUR PUBLIERA PROCHAINEMENT :

1er volume, composé de morceaux divers et d'un poème burlesque
en trois chants, intitulé *Chevaliers d'Industrie.*

IIe volume, 115 *Fables Algériennes.*

Lyon. — Imprimerie de C. Bonnaviat, rue Ste-Catherine, 13.